James Thurber

Ein Mond für Leonore

James Thurber

Ein Mond für Leonore

oder Die Kunst,
das kleine Glück zu finden

Mit Zeichnungen
von Philip Waechter

Aus dem Amerikanischen
von Giovanni und Ditte Bandini

sanssouci

Es war einmal eine kleine Prinzessin, die lebte in einem Königreich am Meer und hieß Leonore. Sie war zehn Jahre alt und ging auf die elf zu. Eines Tages erkrankte Leonore, weil sie zu viele Himbeertörtchen gegessen hatte, und musste das Bett hüten.

Der Hofmedikus kam zur Prinzessin und maß ihre Temperatur und fühlte ihren Puls und ließ sie die Zunge rausstrecken. Der Hofmedikus war besorgt. Er schickte nach dem König, Leonores Vater, und der König kam.

»Du kannst alles haben, wonach dein Herz begehrt«, sagte der König. »Gibt es etwas, wonach dein Herz begehrt?«

»Ja«, sagte die Prinzessin. »Ich will den

Mond haben. Wenn ich den Mond haben kann, dann werde ich wieder gesund.«

Da der König eine ganze Menge kluge Männer hatte, die ihm immer alles beschafften, was er haben wollte, versicherte er seiner Tochter, dass sie den Mond haben könne. Dann ging er in den Thronsaal und zog an einem Glockenzug, dreimal lang und einmal kurz, und prompt trat der Großkämmerer in den Saal.

Der Großkämmerer war ein großer, sehr beleibter Mann, der eine dicke Brille trug, durch die seine Augen doppelt so groß aussahen, wie sie wirklich waren. Dadurch sah der Großkämmerer doppelt so klug aus, wie er wirklich war.

»Ich will, dass du mir den Mond beschaffst«, sagte der König. »Die Prinzessin will den Mond haben. Nur wenn sie den Mond haben kann, wird sie wieder gesund.«

»Den Mond?«, rief der Großkämmerer aus und riss die Augen auf. Dadurch sah er viermal so klug aus, wie er wirklich war.

»Ja, den Mond«, sagte der König. »M-o-n-d, Mond. Beschaff ihn mir bis heute Abend, spätestens bis morgen früh.«

Der Großkämmerer wischte sich mit einem Taschentuch die Stirn und schnaubte sich dann geräuschvoll die Nase.

»Ich habe Euch im Laufe der Zeit eine ganze Menge Dinge beschafft, Eure Majestät«, sagte er. »Rein zufällig habe ich eine Liste aller Dinge bei mir, die ich Euch beschafft habe, seit ich in Eurem Dienste stehe.« Er zog eine lange Pergamentrolle aus der Tasche.

»Sehen wir doch mal.« Er blickte stirnrunzelnd auf die Liste. »Ich habe Elfenbein, Affen und Pfauen beschafft, Rubine, Opale und Smaragde, schwarze Orchideen, rosa Elefanten und blaue Pudel, Goldkäfer, Skarabäen und Fliegen in Bernstein, Kolibrizungen, Engelsfedern und Einhornhörner, Riesen, Zwerge und Meerjungfrauen, Weihrauch, Amber und Myrrhe, Troubadoure, Bänkelsänger und Bajaderen, ein Pfund Butter, zwei Dutzend Eier und einen Sack Zucker – pardon, das hat meine Frau mit draufgeschrieben.«

»Ich erinnere mich an keine blauen Pudel«, sagte der König.

»Hier auf der Liste stehen blaue Pudel, und sie sind mit einem kleinen Häkchen abgezeichnet«, sagte der Großkämmerer. »Also muss es blaue Pudel gegeben haben. Ihr habt es nur vergessen.«

»Lassen wir mal die blauen Pudel«, sagte der König. »Jetzt will ich den Mond haben.«

»Ich habe bis nach Samarkand, Arabistan und Zanzibar geschickt, um Euch Dinge zu

beschaffen, Eure Majestät«, sagte der Großkämmerer. »Aber der Mond kommt nicht in Frage. Er ist 35 000 Meilen weit weg, und er ist größer als das Zimmer, in dem die Prinzessin liegt. Des Weiteren besteht er aus flüssigem Kupfer. Ich kann Euch den Mond nicht beschaffen. Blaue Pudel ja; den Mond nein.«

Der König geriet in hellen Zorn und befahl dem Großkämmerer, sich zu entfernen und den Hofmagikus in den Thronsaal zu schicken.

Der Hofmagikus war ein kleiner, schmächtiger Mann mit einem langen Gesicht. Er trug einen hohen roten spitzen Hut, der mit Silbersternen übersprenkelt war, und ein langes blaues Gewand, das mit goldenen Eulen übersät war. Als der König ihm sagte, er benötige den Mond für seine kleine Tochter und er erwarte von ihm, dass er ihn ihm beschaffe, erbleichte der Hofmagikus sehr.

»Ich habe im Laufe der Zeit eine ganze Menge Magisches für Euch gemacht, Eure Majestät«, sagte der Hofmagikus. »Wie es sich trifft, habe ich zufällig eine Liste all der Zaubereien, die ich für Euch veranstaltet habe, bei mir.« Er zog aus einer tiefen Tasche seines Gewands ein Blatt Papier hervor. »Los geht's: ›Sehr geehrter Herr Hofmagikus, beiliegend finden Sie den so genannten Stein der Weisen, der, wie Sie behaupteten‹ – nein, das ist sie nicht.« Der Hofmagikus holte aus einer anderen Tasche seines Gewands eine lange Pergamentrolle hervor.

»Hier ist sie«, sagte er. »Jetzt sehen wir mal. Ich habe für Euch Blut aus Steinen und Steine aus Blut gemolken. Ich habe Kaninchen aus Zylindern gezogen und Zylinder aus Kaninchen. Ich habe Blumen, Tamburine und Tauben aus dem Nichts hervorgezaubert und nichts aus Blumen, Tamburinen und Tauben. Ich habe Euch Wünschelruten besorgt, Zauberstäbe und Kristallkugeln, in denen man die Zukunft sehen kann. Ich habe Zaubertränke, Salben und Pülverchen zum Kurieren von Liebeskummer, Ohrensausen und Völlegefühl verfertigt. Ich habe Euch meine ganz spezielle Mixtur aus Eisenhut, Tollkirsche und Adlertränen angerührt, die Hexen, Dämonen und gruselige Geräusche der Nacht vertreibt. Ich habe Euch Siebenmeilenstiefel besorgt, einen goldenen Daumen und eine Tarnkappe –«

»Die hat nicht funktioniert«, sagte der König. »Die Tarnkappe hat nicht funktioniert.«

»Hat sie doch«, sagte der Hofmagikus.

»Hat sie nicht«, sagte der König. »Ich bin ständig irgendwo gegen gerannt, genau wie vorher auch.«

»Die Tarnkappe ist dazu gedacht, dass man unsichtbar wird«, sagte der Hofmagi-

kus. »Sie ist nicht dazu da, einen davon abzuhalten, ständig irgendwo gegen zu rennen.«

»Ich weiß nur, dass ich ständig irgendwo gegen gerannt bin«, sagte der König.

Der Hofmagikus sah wieder auf seine Liste.

»Ich habe Euch«, sagte er, »Geigen vom Himmel, Sand vom Sandmännchen und Gold vom Regenbogen geholt. Außerdem eine Rolle Garn, ein Heftchen Nadeln und ein Stück Bienenwachs – pardon, die Sachen hat meine Frau reingeschrieben, damit ich sie ihr aus der Stadt mitbringe.«

»Wie auch immer«, sagte der König. »Jetzt sollst du mir den Mond beschaffen. Die Prinzessin will den Mond haben, und nur wenn sie ihn bekommt, wird sie wieder gesund.«

»Keiner kann den Mond beschaffen«, sagte der Hofmagikus. »Er ist 150 000 Meilen weit weg, und er besteht aus Schimmelkäse, und außerdem ist er doppelt so groß wie dieser Palast.«

Der König geriet in helleren Zorn und jagte den Hofmagikus zurück in seine Höhle. Dann schlug er den Gong und befahl den Hofmathematikus zu sich.

Der Hofmathematikus war ein glatzköpfiger, kurzsichtiger Mann mit einem Samtkäppchen auf dem Kopf und einem Bleistift hinter jedem Ohr. Er trug einen schwarzen Anzug mit weißen Zahlen darauf.

»Ich will jetzt nicht lang und breit vorgerechnet bekommen, was du seit 1907 alles für mich ausgeknobelt hast«, sagte der König zu ihm. »Ich will, dass du unverzüglich ausknobelst, wie man Prinzessin Leonore den Mond beschaffen kann. Denn nur wenn sie den Mond bekommt, wird sie wieder gesund.«

»Ich bin froh, dass Ihr all die Dinge erwähnt, die ich seit 1907 für Euch ausgeknobelt habe«, sagte der Hofmathematikus. »Durch puren Zufall habe ich die Liste bei mir.«

Er zog eine lange Pergamentrolle aus seiner Tasche, entrollte sie und warf einen Blick darauf.

»Na, dann schauen wir mal. Ich habe für Euch die durchschnittliche Mahlleistung einer Zwickmühle, die Differenz von Tag und Nacht und die Distanz zwischen A und Z kalkuliert. Ich habe errechnet, wie weit Oben ist, wie lange man braucht, um nach Dort zu kommen, und wo Dahin geblieben ist. Ich habe die Länge der Seeschlange ermittelt, das Unschätzbare geschätzt und das Quadrat der Pampelmuse entdeckt. Ich kenne die exakte geografische Länge und Breite der Bredouille, weiß, wie viele Iste einen Sind ergeben und wie viele Vögel man mit dem ganzen Salz des Ozeans fangen könnte – 187 796 132, falls es Euch interessiert.«

»So viele Vögel gibt es gar nicht«, sagte der König.

»Das habe ich auch nicht gesagt«, sagte der Hofmathematikus. »Ich habe gesagt, wenn es sie gäbe.«

»Ich will nichts von siebenhundert Millionen theoretischen Vögeln hören«, sagte der König. »Ich will, dass du der Prinzessin Leonore den Mond beschaffst.«

»Der Mond ist 300 000 Meilen weit weg«, sagte der Hofmathematikus. »Er ist rund und platt wie eine Münze, bloß dass er aus Asbest besteht, und er ist halb so groß wie dieses Königreich. Des Weiteren klebt er am Himmel fest. Keiner kann den Mond beschaffen.«

Der König geriet in noch helleren Zorn als zuvor und jagte den Hofmathematikus hinaus. Dann läutete er nach dem Hofnarren.

Der Hofnarr kam buntscheckig und schel-

Himmel (oft blau!)
klebt zusammen!
Scheibe
Mond (aus Asbest)
Stern!
Nacht
Wolke
N
O
W
S
Vogel
300 000 Meilen (unerreichbar!)
Erde

lenklirrend in den Thronsaal gehüpft und setzte sich zu Füßen des Throns.

»Was kann ich für dich tun, deine Majestät?«, fragte der Hofnarr.

»Keiner kann etwas für mich tun«, sagte der König kummervoll. »Die Prinzessin Leonore will den Mond haben, und sie wird nicht wieder gesund, ehe sie ihn nicht hat, aber keiner kann ihn ihr beschaffen. Mit jedem, den ich frage, wird der Mond größer und unerreichbarer. Du kannst nichts für mich tun, außer mir etwas auf deiner Laute vorspielen. Etwas Trauriges.«

»Was sagen die Leute denn, wie groß der Mond ist«, fragte der Hofnarr, »und wie weit, meinen sie, ist er weg?«

»Der Großkämmerer sagt, er ist 35 000 Meilen weit weg und größer als das Zimmer der Prinzessin Leonore«, sagte der König. »Der Hofmagikus wiederum sagt, er ist

150 000 Meilen weit weg und doppelt so groß wie dieser Palast. Und der Hofmathematikus sagt schließlich, er ist 300 000 Meilen weit weg und sogar halb so groß wie dieses Königreich.«

Der Hofnarr klimperte ein Weilchen auf seiner Laute herum. »Das sind alles kluge Männer«, sagte er, »also haben sie wohl auch zwangsläufig allesamt recht. Wenn sie aber alle recht haben, dann ist der Mond zwangsläufig für jeden genau so groß und genau so weit weg, wie der Betreffende meint. Also müssen wir herausfinden, wie groß der Mond für unsere Prinzessin ist und was sie meint, wie weit weg er ist.«

»Daran hatte ich nicht gedacht«, sagte der König.

»Ich geh und frag sie, deine Majestät«, sagte der Hofnarr. Und er schlüpfte lautlos in das Zimmer des kleinen Mädchens.

Prinzessin Leonore war wach, und sie freute sich, den Hofnarren zu sehen, aber ihr Gesicht war sehr blass und ihre Stimme sehr matt.

»Hast du mir den Mond mitgebracht?«, fragte sie.

»Noch nicht«, sagte der Hofnarr, »aber den besorg ich dir gleich. Was meinst du wohl, wie groß er ist?«

»Er ist grad ein bisschen kleiner als mein Daumennagel«, sagte sie, »denn wenn ich meinen Daumennagel vor den Mond halte, dann deckt er ihn gerade so ab.«

»Und wie weit weg ist er?«, fragte der Hofnarr.

»Er ist nicht ganz so hoch wie der große Baum vor meinem Fenster«, sagte die Prinzessin, »denn manchmal bleibt er in den obersten Zweigen hängen.«

»Das wird ein Kinderspiel, den Mond für

dich zu holen«, sagte der Hofnarr. »Wenn er heute Nacht in den obersten Zweigen hängen bleibt, klettere ich auf den Baum und bring ihn dir.«

Dann fiel ihm noch etwas ein.

»Aus was ist der Mond eigentlich, Prinzessin?«, fragte er.

»Na«, sagte sie, »aus Gold natürlich, du Dussel.«

Der Hofnarr verließ das Zimmer der Prinzessin Leonore und suchte den Hofgoldschmied auf. Er ließ den Hofgoldschmied einen winzigen runden Goldmond machen: gerade ein bisschen kleiner als der Daumennagel der Prinzessin Leonore. Dann ließ er den Mond auf ein goldenes Kettchen aufziehen, damit die Prinzessin ihn sich um den Hals hängen konnte.

»Was ist das eigentlich, was ich gerade gemacht habe?«, fragte der Hofgoldschmied.

»Du hast den Mond gemacht«, sagte der Hofnarr. »Das ist der Mond.«

»Aber der Mond«, sagte der Hofgoldschmied, »ist 500 000 Meilen weit weg, und er besteht aus Bronze und ist rund wie eine Murmel.«

»Das meinst du«, sagte der Hofnarr und ging mit dem Mond davon.

Der Hofnarr brachte der Prinzessin Leonore den Mond, und sie war überglücklich. Am nächsten Tag war sie wieder gesund und konnte aufstehen und in den Garten spielen gehen.

Aber des Königs Sorgen waren noch nicht vorüber. Er wusste, dass der Mond in dieser Nacht wieder am Himmel leuchten würde, und er wollte nicht, dass die Prinzessin Leonore ihn sah. Denn dann hätte sie gewusst, dass der Mond, den sie an einem Kettchen am Hals trug, nicht der echte Mond war.

Also schickte der König nach dem Großkämmerer und sagte:

»Wir müssen verhindern, dass die Prinzessin Leonore den Mond sieht, wenn er heute Nacht am Himmel leuchtet. Denk dir was aus.«

Der Großkämmerer trommelte sich mit den Fingern nachdenklich auf die Stirn und sagte:

»Ich weiß was. Wir können für Prinzessin

Leonore eine dunkle Brille machen. Wir können sie so dunkel machen, dass sie überhaupt nicht durchsehen kann. Wenn dann der Mond am Himmel leuchtet, wird sie ihn nicht sehen können.«

Dieser Vorschlag verärgerte den König sehr, und er schüttelte den Kopf von links nach rechts und wieder zurück.

»Wenn sie eine dunkle Brille trüge, würde sie überall gegen rennen«, sagte er, »und dann würde sie wieder krank werden.« Also entließ er den Großkämmerer und rief den Hofmagikus zu sich.

»Wir müssen den Mond verstecken«, sagte der König, »so dass die Prinzessin ihn nicht sieht, wenn er heute Abend am Himmel leuchtet. Wie fangen wir das an?«

Der Hofmagikus machte einen Handstand, und dann machte er einen Kopfstand, und dann stellte er sich wieder auf die Füße.

»Ich weiß, was wir machen können«, sagte er. »Wir können schwarze Samtvorhänge über Stangen spannen. Die Vorhänge werden den ganzen Palastgarten wie ein Zirkuszelt überdecken, und die Prinzessin Leonore wird nicht durch sie hindurchsehen können, also wird sie auch nicht den Mond am Himmel sehen.«

Über diese Antwort wurde der König so böse, dass er mit den Armen herumfuchtelte.

»Schwarze Samtvorhänge würden alle Luft abhalten«, sagte er. »Die Prinzessin Leonore würde nicht atmen können, und sie würde wieder krank werden.« Er schickte den Hofmagikus weg und rief den Hofmathematikus herbei.

»Wir müssen etwas unternehmen«, sagte der König, »damit die Prinzessin Leonore den Mond nicht sieht, wenn er heute Nacht am Himmel leuchtet. Wenn du wirklich so viel weißt, dann knobel schnell aus, wie wir das machen können.«

Der Hofmathematikus ging im Kreis herum, und dann ging er im Quadrat herum, und dann blieb er stehen.

»Ich hab's!«, sagte er. »Wir können jede Nacht im Garten ein großes Feuerwerk veranstalten. Wir werden jede Menge Silberfontänen und Goldkaskaden aufstellen, und wenn sie losgehen, werden sie den Himmel mit so vielen Lichtfunken erfüllen, dass es taghell wird, und die Prinzessin Leonore wird den Mond nicht sehen können.«

Bei diesem Vorschlag geriet der König in einen derartigen Zorn, dass er anfing, auf und ab zu hüpfen.

»Feuerwerk würde die Prinzessin wach halten«, sagte er. »Sie würde überhaupt nicht zum Schlafen kommen und wieder krank werden.« Also schickte der König den Hofmathematikus weg.

Als er wieder aufsah, war es draußen dunkel, und der helle Rand des Mondes lugte gerade über den Horizont. Schrecklich erschrocken sprang der König auf und läutete nach dem Hofnarren. Der Hofnarr kam in den Saal gehüpft und setzte sich zu Füßen des Throns.

»Was kann ich für dich tun, deine Majestät?«, fragte er.

»Keiner kann etwas für mich tun«, sagte der König kummervoll. »Der Mond geht wieder auf. Er wird in das Schlafzimmer von Prinzessin Leonore leuchten, und da wird sie

wissen, dass er noch immer am Himmel ist und dass sie ihn nicht an einem goldenen Kettchen am Hals trägt. Spiel mir was auf deiner Laute vor, etwas sehr Trauriges, denn wenn die Prinzessin den Mond sieht, wird sie bestimmt wieder krank.«

Der Hofnarr klimperte auf seiner Laute.

»Was sagen deine klugen Männer?«, fragte er.

»Ihnen fällt keine Lösung ein, wie man den Mond verstecken könnte, ohne der Prinzessin Leonore damit zu schaden«, sagte der König.

Der Hofnarr spielte, ganz leise, ein weiteres Lied.

»Deine klugen Männer wissen alles«, sagte er, »und wenn sie den Mond nicht verstecken können, dann kann man ihn nicht verstecken.«

Der König stützte wieder den Kopf in die Hände und seufzte.

Plötzlich sprang er von seinem Thron auf und zeigte auf die Fenster.

»Da!«, rief er. »Der Mond leuchtet schon in das Schlafzimmer der Prinzessin Leonore. Wer kann ihr jetzt erklären, wie der Mond am Himmel leuchten kann, wenn er an einem Goldkettchen an ihrem Hals hängt?«

Der Hofnarr hörte auf, auf seiner Laute zu spielen.

»Wer konnte erklären, wie man den Mond holen konnte, als deine klugen Männer sagten, er sei zu groß und zu weit weg? Das war Prinzessin Leonore selber. Offenbar ist sie also klüger als alle deine klugen Männer und weiß mehr über den Mond als sie. Also werde ich Leonore fragen.« Und bevor der König ihn aufhalten konnte, schlüpfte der Hofnarr lautlos aus dem Thronsaal, die breite Marmortreppe hinauf und ins Schlafzimmer der Prinzessin Leonore.

Die Prinzessin lag schon im Bett, aber sie war hellwach, und sie schaute den Mond an, der vor ihrem Fenster am Himmel leuchtete. In ihrer Hand leuchtete der Mond, den der Hofnarr ihr besorgt hatte. Der Hofnarr machte ein sehr betrübtes Gesicht, und in seinen Augen schienen Tränen zu glänzen.

»Sag mir, Prinzessin Leonore«, sagte er kummervoll, »wie kann der Mond am Himmel leuchten, wenn er doch an einem Goldkettchen an deinem Hals hängt?«

Die Prinzessin sah ihn an und lachte.

»Das ist doch ganz einfach, du Dussel«, sagte sie. »Wenn ich einen Zahn verliere, wächst doch an seiner Stelle ein neuer nach, oder?«

»Natürlich«, sagte der Hofnarr. »Und wenn das Einhorn sein Horn im Wald verliert, wächst ihm mitten auf der Stirn ein neues nach.«

»Genau«, sagte die Prinzessin. »Und wenn der Hofgärtner Blumen im Garten schneidet, kommen neue Blumen an ihrer Stelle nach.«

»Da hätte ich auch selbst drauf kommen können«, sagte der Hofnarr, »denn mit dem Tageslicht ist es ja genauso.«

»Und genauso ist es mit dem Mond«, sagte die Prinzessin Leonore. »Ich könnte mir denken, dass es mit allem so ist.« Ihre Stimme wurde immer leiser und leiser, und der Hofnarr sah, dass die Prinzessin eingeschlafen war. Sanft steckte er die Decken um das schlafende Mädchen fest.

Aber bevor er das Zimmer verließ, ging er ans Fenster und zwinkerte dem Mond zu, denn es kam ihm so vor, als hätte der Mond ihm zugezwinkert.

Mehr aus der Sanssouci-
Märchenwelt:

Michel Tournier
Annette Murschetz
Pierrot
oder Die Farben der Liebe
48 Seiten. Farbig illustriert.
Gebunden
ISBN 978-3-8363-0018-6

Pierrots und Columbines Liebe steht unter keinem guten Stern: Pierrot, der Bäcker, arbeitet des Nachts, während Columbine, seine große Liebe, als Weißwäscherin tagsüber ihr Geld verdient. Sonne und Mond trennen die beiden und entfremden sie langsam voneinander. Als eines Tages der fahrende Maler Harlekin im Dorf auftaucht, hat Columbine plötzlich nur noch Augen für ihn und lässt sich von seiner Farbenpracht verführen. Doch halten die Farben, was sie versprechen?
Ein Märchen über die wahre Liebe und ihre Macht, Hindernisse zu überwinden, einfühlsam erzählt von Michel Tournier und in wunderschöne poetische Bilder umgesetzt von Annette Murschetz.

Felicitas von Lovenberg (Hg.)
Mein Lieblingsmärchen
101 Verführungen zum Lesen
208 Seiten. Gebunden
ISBN 978-3-8363-0010-0

Jeder erinnert sich an die Märchen seiner Kindheit, an den schaurig-schönen Moment, da Rotkäppchen vom Weg abkommt, an die leise Ahnung der drohenden Gefahr und an den unbedingten Wunsch nach einem guten Ende. Und jeder hat ein persönliches Lieblingsmärchen, eines, das mit seinen fantastischen, komischen, skurrilen oder unheimlichen Bildern im Unterbewusstsein schlummert.
In diesem Buch haben große Schriftsteller und namhafte Journalisten ihre Lieblingsmärchen aus Kindertagen neu für Sie entdeckt und zu 101 Märchen-Empfehlungen zusammengestellt. Eine gelungene Verführung!

Die amerikanische Originalausgabe erschien
erstmals 1943 unter dem Titel *Many Moons* bei
Harcourt, New York.

Unser gesamtes lieferbares Programm und
viele andere Informationen finden Sie unter
www.sanssouci-verlag.de

1 2 3 4 5 11 10 09 08 07

ISBN 978-3-8363-0017-9

Einbandgestaltung: Harald Hohberger, München,
unter Verwendung eines Motivs von Philip Waechter
Lithos: Reinhard Amann, Aichstetten
Satz: Satz für Satz. Barbara Reischmann, Leutkirch
Druck und Bindung: Kösel, Krugzell
Printed in Germany